親愛的老鼠朋友，
歡迎來到太空鼠的世界！

這是一個在無盡宇宙中穿梭冒險的科幻故事！

親愛的老鼠朋友們：

　　我有告訴過你們我是一個科幻小說的狂熱愛好者嗎？
我一直想寫一些發生在另一個時空的冒險故事……
可是，所謂的**平行宇宙**真的存在嗎？

　　就這個問題，我諮詢了老鼠島上最著名的伏特教授，
你們知道他是怎麼回答我的嗎？

　　他說根據一些科學家的研究發現，我們所處的時空和
宇宙並非唯一的。世上**還存在着許多不同的時空和宇宙空
間，甚至有一些跟我們相似的宇宙存在呢！在這些神秘的
宇宙空間，或許會發生我們無法預知的事情。**

　　啊，這個發現真讓鼠興奮！這也
啟發了我，我多希望能夠寫一些關於
我和我的家鼠在宇宙中探索新世界的
科幻故事啊！而且，我想到一個非常
炫酷的名稱——**星際太空鼠**！

　　我們能夠在銀河中遨遊！一定能讓其

伏特教授

他鼠肅然起敬！

Geronimo Stilton
星際太空鼠

賴皮·史提頓

謝利連摩·史提頓

菲·史提頓

機械人提克斯

班哲文·史提頓
和潘朵拉

馬克斯·坦克鼠
爺爺

銀河之最號

太空鼠的太空船艦，太空鼠的家
同時也是太空鼠的避風港！

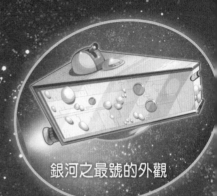

銀河之最號的外觀

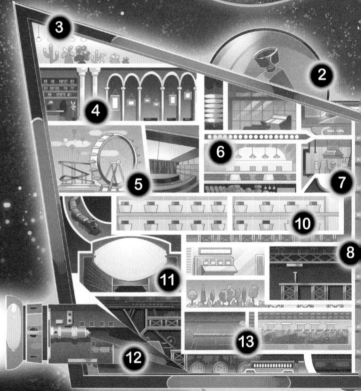

星際太空鼠 6

水之星探秘

IL MISTERO DEL PIANETA SOMMERSO

作　　者：Geronimo Stilton　謝利連摩‧史提頓
譯　　者：顧志翔
責任編輯：胡頌茵
中文版封面設計：陳雅琳
中文版內文設計：羅益珠　劉蔚
出　　版：新雅文化事業有限公司
　　　　　香港英皇道499號北角工業大廈18樓
　　　　　電話：(852) 2138 7998　傳真：(852) 2597 4003
　　　　　網址：http://www.sunya.com.hk
　　　　　電郵：marketing@sunya.com.hk
發　　行：香港聯合書刊物流有限公司
　　　　　香港新界大埔汀麗路36號中華商務印刷大廈3字樓
　　　　　電話：(852) 2150 2100　傳真：(852) 2407 3062
　　　　　電郵：info@suplogistics.com.hk
印　　刷：C & C Offset Printing Co., Ltd.
　　　　　香港新界大埔汀麗路36號
版　　次：二〇一七年七月初版

www.geronimostilton.com
Based on an original idea by Elisabetta Dami
Cover Design: Flavio Ferron, adopted by Sun Ya Publications (HK) Ltd.
Art Director: Iacopo Burno
Graphic Project: Giovanna Ferraris / TheWorldofDOT
Illustrations: Giuseppe Facciotto, Daniele Verzini
Graphics: Marta Lorini

Geronimo Stilton

星際太空鼠

水之星探秘

謝利連摩·史提頓

Geronimo Stilton

新雅文化事業有限公司

www.sunya.com.hk

目錄

如果我們能夠穿越時空⋯⋯

如果在銀河的最深處有這樣一艘太空船艦，上面居住的全部都是老鼠⋯⋯

又如果這艘太空船的艦長是一個富有冒險精神又有些憨憨的老鼠⋯⋯

那麼他的名字一定叫做謝利連摩‧史提頓！

而我們現在講述的就是他的冒險故事⋯⋯

那麼，你們準備好了嗎？

快來跟着謝利連摩一起去星際旅行，穿梭神秘浩瀚的宇宙吧！

難得的假期

　　整個故事始於一個**清晨**，我很早醒來，感到**精力充沛**！

　　我當然不會是因為早起而感到高興：事實上我最喜歡睡懶覺了，要不是我身為艦長要履行職責，我願意待在**被窩**裏一直到中午啊！

精力充沛！

哦，對不起，看我多粗心……我差點忘記了自我介紹：我的名字叫史提頓，*謝利連摩·史提頓*，是全宇宙最特別的宇宙飛船——「銀河之最號」的艦長（*雖然我的夢想是成為一名作家！*）。

那天早晨，我請機械鼠管家比往常早叫醒我，因為我終於有機會享受一天悠閒的假期了，而我打算去「銀河之最號」上的自然環境生態園宇宙沙灘度假。

雖然身為艦長責任重大，但是我也有權利休假的，你們說對嗎？

於是，我選擇放下那套艦長制服，穿上了我的泳褲，並檢查了一遍袋子裏的物品……

按摩拖鞋

空調帽

極速快乾毛巾

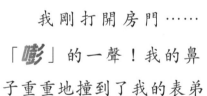

高清潛水鏡

浮空傘

按摩拖鞋⋯⋯帶了！

空調帽⋯⋯找到了！極速快乾毛巾⋯⋯有了！**高清潛水鏡**⋯⋯在這裏！浮空傘⋯⋯帶了！數碼太陽眼鏡⋯⋯嗯，沒有，我放到哪裏去了呢？*啊，對了，我真是太粗心了，太陽眼鏡不就在我的頭上嘛！*

看來所有的東西都帶齊了。

「我來啦，大海！」我興奮地叫道。

我剛打開房門⋯⋯「**嘭**」的一聲！我的鼻子重重地撞到了我的表弟賴皮身上。他對我說：「嗨，表哥，你這麼早起來打算幹什麼？」

我咕噥着説：「沒……沒什麼特別的……」

賴皮看了我一眼：「啊，是嗎？那你為什麼 穿 成 這樣？」

「是，我——我，對了，我正打算……」

表弟一把抓住了我袋子裏外露的 拖鞋，並把它們取了出來，説道：「告訴我……你是不是打算不告訴 任何鼠，偷偷地去海邊？」

我的宇宙乳酪呀，我的計劃居然被賴皮發現了！現在怎麼辦？請你們不要誤會，我其實非常愛我的表弟，但是我也真的很想獨個兒躺在海邊的沙灘上，靜靜地構思我的新書……

　　要是賴皮也一起來的話，他一定會拖着我陪他在沙灘玩各種各樣的遊戲……真是太累了！

　　最後，我不得不承認說：「嗯……是的……」

　　賴皮嚴肅地盯着我一會兒，然後說：「表哥，我不能就這樣讓你一個鼠無聊地去海邊！我決定了，我現在就去換衣服……然後陪你一起去！」

大家一起去沙灘！

不管怎麼說，賴皮的話說得還是有道理的：天氣如此好，大家一起去海邊才**有意思**！

於是，我決定**叫上**我的小姪子班哲文，他的好朋友潘朵拉，以及我的**妹妹**菲，當我們前去接他們的時候，所有鼠全都已經準備就緒了。

「**你好，叔叔！**你能夠帶我們去海邊真是太好了！」班哲文見到我之後立刻抱住我的脖子說道，「很好，這樣我們就到齊了！」我說，「準備……」

班哲文！

叔叔！

這時，突然傳來了一把聲音，如雷貫耳，讓所有鼠都嚇了一跳：「笨蛋小孫子！你居然想要一個鼠去海邊？」

原來，說話的是我的爺爺**馬克斯·坦克鼠**，也是「銀河之最號」上的前艦長！

「你好，爺爺……可是……嗯……沒想到你也會喜歡**大海**……」

誰不愛大海？

「因為你是個笨蛋！所有鼠都知道，到了我這個年紀需要多呼吸海邊的新鮮空氣！」

於是，我們被擠得像一個沙甸魚罐頭一樣，乘坐**太空的士**出發前往「**銀河之最號**」上的沙灘！

啊，對了，親愛的朋友們，要知道在我們的飛船內有一個自然環境生態園，這裏有各種不同的生態環境：有高山，有森林，有湖泊⋯⋯當然還有一片金色的沙灘，它面對着藍色的大海，並被各種熱帶樹木圍繞！

　　「真是太美了！」當我們來到沙灘時，菲情不自禁地感歎道。

　　「啫喱，這次你可真是想到了一個好主意！」

　　「是的，真是個好主意，艦長先生！」一把溫柔的聲音在我的身後説道。

　　我回過頭來，看見**布魯格拉·斯法芙**就站在我的身後。她是我們飛船上的技術員，同時也是非常有魅力的，不對，是全宇宙最最最有魅力的女太空鼠！

星際百科全書

自然環境生態園

這裏是飛船上的一片特別區域，有各種各樣美麗的自然環境，如大海、山丘、沙漠和湖泊，是太空鼠的理想度假勝地！

「希望沒有打擾到你，菲告訴我説你可能
會來海邊，於是……」

我努力讓自己不要**失態**，然後回答説：
「不，不，不，不，完全沒有打擾，而且，很
高興你也……」

正在這時，身穿泳裝，戴着泳鏡的賴皮突
然**出現**在我們的中間。

「不要再閒聊啦！趕緊下水吧！」
説完，他就拉着我的手爪，在布魯格拉的笑聲
中將我拖下水。

嘻嘻嘻！

用力甩爪，啫喱！

正如你們所想的那樣，我喜歡在海邊度假的感覺，沒有哪兒可媲美！我喜歡 爪爪 踩在熱乎乎的沙子上的感覺，喜歡陽光灑落在身上，喜歡躺在浮空傘下，手裏拿着一杯**乳酪奶昔**，真寫意！當然，我也很喜歡在涼快的海水裏浸泡的感覺……然而，唯一我不太喜歡的就是跳水了！可是，當我回過神來，我卻發現自己站在海邊的高崖上了！

「來吧，表哥，跳啊！」賴皮在我的身後叫道。

看來我已經騎虎難下了：不然我當着布魯格拉的面前退縮的話就太**丟臉**了。

表哥，跳！

她可正在沙灘上看着這邊呢！我**彎腰**看了看下面閃閃發光的海面，這時賴皮突然在我的背後用力推了一把，而我就直接飛了下去……

撲通！

這根本就不是跳水，我完全是直接掉下去啊！當着布魯格拉的面前，我這樣掉進**水裏**，真是太丟臉了！

當我從水裏爬上來的時候，賴皮還不忘調侃我兩句：「看來跳水不是你的強項！不如我們去玩**星際飛碟遊戲**吧！」

用力甩爪，啫喱！

「**這是一個好主意！**」我回答説，一邊心裏想着應該怎樣重新獲得這個美女鼠的青睞！但是，這個遊戲比我想像中的要難：我一直試圖讓**星際飛碟**按照我預想的路徑飛行，但飛碟總是晃來晃去，忽左忽右的，最後**掉落**在沙灘上……

賴皮再次抓住機會揶揄我説：「表哥，也許你還是去幫孩子們用沙子堆**太空飛船**會比較好！」

星際百科全書

星際飛碟

星際飛碟是太空鼠們在沙灘上最喜歡玩的遊戲：它是一個用火星鋼製作而成的飛碟，內部設定了各種程式，能夠按照遊戲者不同的投擲動作而沿着不同的路徑飛行。

我並沒有理會賴皮，嘗試用盡**全力一擲**，於是我彎曲雙爪，然後……**咻！**

　　我的流星呀，這下星際飛碟迅速飛走了！

　　「看到了吧？我學會……」

　　嗯，等等！**飛碟**怎麼不停下來了？我看着它飛過賴皮，然後飛過正在**浮空傘**底下

　　嘩！

睡覺的馬克斯爺爺……最後它徑直撞向班哲文和潘朵拉剛剛堆起的沙子宇宙飛船！

真是一場大災難啊！ 我趕緊跑向孩子們向他們道歉，並打算幫助他們重新堆砌出一架宇宙飛船，正在這時，一聲淒慘的叫喊聲把我**嚇了一跳**！

啊！

「**哇啊啊啊啊啊**～～～」

我的表弟賴皮在起來的時候似乎踢到了什麼東西，此時他抱着一隻腳爪，而用另一隻腳爪單腳**跳**着。布魯格拉走過去撥開沙子，取出了那個絆倒賴皮的物體：那是一個非常光滑的**球**體。她疑惑地看着這個東西說：「看上去這像是一件來自外星的東西，我看不出它是用什麼**材質**做的……」

我建議說：「不如我們把這東西移到一邊去，這樣就不會再有其他鼠**受傷**了！」

哇啊！

菲來到了我的身邊：「啫喱，作為一位艦長，你難道忘了要遵守『銀河之最號』上的規則嗎？如果在飛船上發現任何**外星物品**，首先應該展開**調查！**」

　　展開調查？我沒有聽錯吧？這時，布魯格拉也在一旁附和道：「我們應該立刻回到**控制室**，然後調查一下這到底是什麼東西⋯⋯」

　　哦，不⋯⋯看來我即使是來到沙灘度假，也逃不掉**艦長**的工作啊！我只是想好好休息一下而已，難道這也不行⋯⋯

恭喜你，艦長先生！

很快，我們所有鼠都來到了控制室，向太空船上的科學家**費魯斯教授**請教。他是「銀河之最號」上的科學家，一位研究外星生命的專家。

教授立刻開始對這個奇怪的球體進行分析，他對着飛船上的主電腦說：「**全息程序鼠**，請給這個東西進行透視掃描！」

透視掃描？ 這些技術我可是一竅不通，只能靜靜地看着一束**光線**照遍整個球體。

讓我看看……

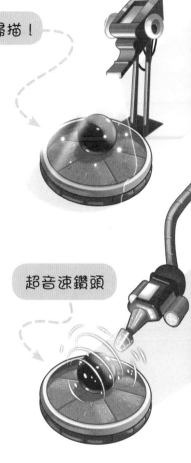

透視掃描！

幾秒鐘之後，在控制室的屏幕上顯示出檢測結果：「無法獲取信息！」

費魯斯教授顯得有些難以置信：「什麼？這怎麼可能？」

布魯格拉在一旁建議說：「不如試試用**超音速鑽頭**，看看能不能打開它！」

超音速鑽頭

她啟動了這個強力的鑽探工具，但仍然徒勞無功！

最後，布魯格拉也不得不放棄，說：「這種材料強度非常高！」

「還有最後一個方法……用**電磁風暴**！」費魯斯說。

電磁風暴

即使用上這麼多檢測儀器，調查仍然毫無進展！費魯斯教授有點無奈地說：「艦長先生，很遺憾，以我們目前的技術無法弄明白這到底是什麼東西！」

　　我安慰他說：「哦，不用擔心！畢竟你們已經盡力了！」

　　對於未能解開**謎題**，雖然我感到有些遺憾，但是至少我已經嘗試過調查了，所以我又可以回海邊繼續**度假**了！

　　「嗯，如果你們不介意的話，我現在打算去……」當大家正在商量着的時候，我說道。

　　當我走向門口準備離開的時候，**袋子**裏外露的浮空傘的柄子一不小心碰到放着那個不明球體的桌子，使得那個球體掉了下來……

我的宇宙月亮呀，那個玩意兒差點砸到我的尾巴！

　　正當我準備撿起它並放回去的時候，那個球體突然**發出**一陣藍光，並開始轉動起來！

　　我嚇得鬍子直**抖**，立刻找地方躲了起來。只見那個球體繼續**轉個不停**，同時在它的表面上浮現了一些**藍色的圖案**，看上去像是一些文字和圖畫！

什麼……？

幾秒鐘之後，那球體轉動的速度漸漸放緩下來。於是，我鼓起勇氣，上前拿起了它，這時我看到它原本光滑的表面上好像**刻上**了一些東西！我走向其他鼠，他們仍然七嘴八舌地在討論着應該怎樣打開那個**球體**，似乎對於剛才發生的一切毫不知情。

「嗯，不好意思……」我慢慢地说，但是沒有鼠在聽我说話。

「大家快看看……」我還是得不到回應。

我只好扯開嗓子高聲地说：「**這個球體已經啟動啦！**」

這下所有鼠都轉過頭來，驚訝地看着我。

「**太難以置信了！**」賴皮驚歎说。

布魯格拉走上前來说：「太神奇了，艦長先生！你到底是怎麼啟動它的呢？」

她的誇獎讓我從頭到尾巴一下子「唰」地變得**通紅**了！

　　「幹得好，表哥！這次你總算有點貢獻了！」賴皮說，他從背後用力地拍了我一下，害我差點兒失去**平衡**！

　　費魯斯教授從我手爪上接過了那個球體，並仔細看着上面的**發光符號**，説：「這裏有些線條……兩個X……還有一些數字。」

　　我們都好奇地看着他，期待他的答案。最後，教授宣布説：「毫無疑問，這是一幅**地圖**！」

我們一起出發冒險吧！

　　班哲文興奮地走過來跟我說：「叔叔，這是一幅藏寶圖嗎？那我們趕緊去**探險**吧！」

　　哦，班哲文的想像力還真是豐富！

　　「班哲文，我們還不能確定這到底是不是一幅地圖呢，即使它真的是一幅地圖，我們也看不懂上面寫了些什麼，也無法得知它到底會**引領**我們到哪裏，而且可能會有危險……」

　　正在這時，賴皮突然叫起來：「你真聰明呢，教授，你真是太空鼠科學家的典範！」

　　這時，我看到在控制室的電腦屏幕上出現了水之星的畫面，上面用一個紅色的**X**標注了一個地方。

水之星

菲對我解釋説：「教授剛才在猜想球體上的那些數字可能是一組**星際坐標**，於是他把這些數字輸入到宇宙星際地圖裏，結果就出現了水之星！也就是説這個球體是從那裏來的！」

我問道：「可是，它怎麼會出現在我們的宇宙飛船上呢？」

費魯斯教授回答説：「艦長先生，我剛剛查看了『**銀河之最號**』的記錄，發現我們飛船上的沙子正是來自**水之星**！」

菲恍然大悟説：「我明白了，這個東西應該是混在沙子裏被運到我們的飛船上！這樣的話，我們得想辦法把它送回去！」

送回去?我感覺到似乎將要面臨另一次**大冒險**了,也許有危險逼近了……

我說:「嗯……但是,這顆水之星99.99%的表面覆蓋着**水**,那裏會有什麼好玩的呢?」

賴皮回答說:「不會有什麼特別的東西:不過是有些海底**火山**,一些深淵**怪獸**和幾種**食肉海藻**而已!」

食肉海藻?
咕吱吱!
怪獸?

什麼?我的鬍子開始害怕得直抖!這麼一說,我一點都不想靠近那顆**星球**了!

我突然想起飛船並沒有適用於海底的裝備，便說：「這也許會是一場有意思的冒險吧⋯⋯但是，很可惜我們沒有適合在水下**潛行**的交通工具啊！所以，我們不能⋯⋯」

　　這時，布魯格拉打斷了我的話，說：「艦長先生，事實上我正好剛剛製造了一艘**深海潛水艇**，這將會是一個很好的機會可以測試它呢，如果你同意的話！」

　　哦，不！現在該怎麼辦？我可不能讓她以為我是個**膽小鬼**啊！

　　我只好回答說：「是的，嗯⋯⋯當然，我非常同意！我正式授權你們可以在水之星**任務**中使用最新的深海潛水艇。我⋯⋯嗯⋯⋯會在『銀河之最號』上等候你們凱旋歸來：因為我還有些急事需要處理⋯⋯」

星際百科全書

深海潛水艇

超級紅外線望遠鏡

救生艇膠囊

海底照明燈

快速下潛推進器

全景艙

伸縮機械爪

這時，一把雄渾的聲音打斷了我，說：「**笨蛋孫子**，你該不會想留在飛船上吧？」

那是馬克斯爺爺，只聽他繼續吼道：「我到底要告訴你幾次？作為一名**艦長**必須參加所有的探險任務！這次你也跟大家一起出發，快去準備一下！」

你們也知道，爺爺是一個非常固執的鼠，所以我只能**順從**他的意思：「是的，爺爺，我剛才就是開個玩笑而已！這樣的話⋯⋯嗯⋯⋯菲、賴皮、布魯格拉，你們快準備一下和我一起出發！」

班哲文對着我問道：「叔叔，我和潘朵拉能不能一起參加這個**尋寶探險**任務呢？」

看着這個可愛的小姪子，我實在難以拒絕，所以只能歎了一口氣，對他點了點頭。

太空鼠向深海進發！

於是，我和菲、布魯格拉、賴皮、費魯斯教授、班哲文以及潘朵拉，一起乘坐這艘最新發明的深海潛水艇前往水之星！

我盡量不去想像過一會兒我就會潛到水裏的畫面：因為這天我本來應該在海邊度假的，而不是潛到海底去！

當水之星出現在我們的面前時，賴皮向我走過來，他的手爪裏拿着一籃小麥餅乾，一邊吃着，一邊問道：「要吃嗎？這個味道可好啦！」

「不用了，謝謝，我不餓……」

「你怎麼了，表哥？為什麼一言不發的……你不會是**害怕**了吧！」

我清了清嗓子說：「嗯……怎麼會呢！」

賴皮的一條胳膊勾住了我的脖子，對我說：「其實剛才我所說的火山，怪獸和食人海藻都是**開玩笑**的！放鬆點，這次尋寶之旅一定會很有意思的！」

過了一會兒，菲宣布：「大家請繫上**安全帶**，預計在一分鐘之後我們會進入水中！」

伴隨着「**噗通**」一聲，深海潛水艇抵達了水之星，並且進入水底。面對着眼前的

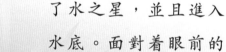

景象，大家都看得目瞪口呆，張大了嘴巴：
我們被一望無際的**藍色**大海所包圍，在水裏
有各種各樣奇形怪狀的魚兒到處游來游去！

「太神奇了！」布魯格拉驚歎地説。

「快看！好奇怪的魚！」班哲文指着一條
長着六隻眼睛的魚叫喊着。

而他的好朋友潘朵拉則在一旁不停地
拍照，興奮地説：「有了這些照片，如果學
校進行水系星球的探索課題，我們的專題報告
一定會出盡風頭的！」

費魯斯教授看了看之前找到的地圖，並把
潛水艇設定進入了**巡航模式**。

這次海底探索之旅比我預想的愉快有趣，
而且布魯格拉所設計的這艘潛水艇非常**舒
適**。一會兒之後，我坐在椅子上搖搖晃晃地
開始打起了瞌睡……

正當我夢見邀請布魯格拉一起去海邊**浪漫地**散步時，一陣叫聲將我從夢境拉回了現實。

「是它，是它！」費魯斯教授指着全景玻璃舷窗外叫喊道。

剛從夢裏醒來的我有些**迷糊**地問道：「它是誰？」

教授興奮地解釋道：「是**能量海洋花！** 我已經有很多年沒有見到過一株這種植物的標本了！這是一種**非常罕見的海藻**，含有非常豐富的營養……無論如何我們得想辦法帶一株

48

回去，我必須好好**研究**它！」

「當然可以！」我同意說。

對於費魯斯這樣的一位**星際植物學**專家來說，能夠在宇宙的角落裏發現這種罕見的植物無疑是一種**珍貴的發現**，我當然不能讓他空手而回！

在菲的精準航行操控下，潛水艇慢慢靠近海牀，然後布魯格拉負責操作潛水艇的兩個**機械臂**，小心翼翼地收集幾株珍貴的海藻，並盡量不要弄傷它們。

落水鼠！

就在布魯格拉剛收集完一株海藻的時候，深海潛水艇突然**震動**了一下。

我立刻問菲：「發生了什麼事？」

「好像有什麼東西撞到我們了……」菲鎮定地回答我說。

過了一會兒，深海潛水艇再次**震動**起來，而且比剛才那次更猛烈，幾乎讓我們都摔倒在地上！

「叔叔……那是什麼？」班哲文的聲音**顫**抖着問。

我望向舷窗外……我的宇宙乳酪呀！只見一些巨大的**綠色觸手**正在緊緊地纏着我們

的深海潛水艇，並且猛力地晃動着船身！

　　「哦，不好了！」費魯斯教授惶恐地叫道，「這些是兇猛的**食肉海藻**！糟糕了！」

　　隨着船身被這些海藻使勁地揮向**右邊**，然後再被甩向 **左邊**，大家都被撞得東倒西歪。

「表弟，你不是對我説，那些海底食肉植物不過是跟我**開玩笑**的嗎？」我不禁對賴皮吼起來。

「是的，不過……看來好像給我説中了！」賴皮叫喊着。

幸好，菲仍然保持着鎮定。她冷靜地**駕駛**着潛水艇，試圖擺脱越纏越緊的觸手；而布魯格拉則控制着兩條機械臂，不停**剪斷**纏在潛水艇上的海藻……可是，每當她剪掉了一些海藻，它又快速地再生，重新纏繞上來。

不久，我們聽到了一些可怕的聲音……**咔嚓**……**咔咔**……**咔隆**！

不好了！深海潛水艇在**食肉海藻**的纏繞之下發生故障了！

菲也一臉凝重地説：「沒辦法！如果我發

動引擎的話，有可能讓情
況更糟糕！」

　　布魯格拉呼喊道：
「快想想辦法！不然再
過不久我們就會成為……
食肉海藻的盤中餐啦！」

　　在持續不斷的劇烈晃動之下，一本深海
潛水艇的**說明書**突然重重地砸到我的頭上
（啊！）然後掉落到我的手爪上（啊喲！）。

　　看着這本翻開了的說明書，我有些糊里
糊塗地唸起了翻開的那一頁：「『使用星際
肥皂清洗深海潛水艇』……肥皂，對了！布
魯格拉，快立刻啟動*自動清洗*程序！」

　　一瞬間，整艘潛水艇的表面覆上了一層
特殊的強力去污天然**肥皂**，使得表面變得十

分光滑，這麼一來，海藻的觸手再也無法抓住船身了！

　　菲趁機發動引擎並**設定**至最大的馬力，潛水艇一下子就從觸手之間滑了出來……

　　我們終於成功脫險了！

　　所有鼠都歡呼起來，班哲文和潘朵拉跑過來抱緊我說：「你真是太了不起了，啫喱叔叔！」

「**謝謝！**我只不過是運氣……」

此時，潛艇的內部突然湧現了許多**肥皂泡**……哇啊！還有巨型的滾筒刷子開始從上至下清理船艙，同時給我們狠狠地洗刷！

布魯格拉趕緊解釋說：「自動清洗程序包括了潛艇的外部清洗和……**內部**清洗！」

最後，一股強勁的**熱風**把船艙內的東西吹乾了，而所有鼠的毛髮都被吹得蓬鬆無比。

就這樣，雖然我被弄得驚魂不定的，但是所有鼠都安然無恙（*而且還變得很乾淨！*），並得以**繼續**進行探索之旅！

當心食人魚！

　　我還沒來得及坐在自己的椅子上好好休息，欣賞一下海底溝壑和壯麗的山脈海牀美景，潛艇上的雷達就發出了一陣陣的聲音……

嗶……嗶……嗶嗶……嗶嗶……嗶嗶嗶！嗶嗶……嗶嗶嗶！

　　我趕緊問道：「菲，現在又是什麼情況？」

　　我的妹妹菲回答說：「看上去像是我們正在駛向一大羣……什麼東西！」

　　布魯格拉立刻開啟了超級紅外線望遠鏡查看前方的情況。

　　「那是……一大羣魚！正在游向我們！」

我的鬍子因為害怕而開始**發抖**起來，賴皮走過來安慰我，說：「表哥，不用害怕……還有什麼會比**食肉海藻**更可怕的呢？」

費魯斯教授嚴肅地看着賴皮說：「千萬不要小看海底世界的危險……」

轉眼間，布魯格拉已經啟動了望遠鏡並把放大了的影像投射到主屏幕上，那是一種奇怪的**外星魚類**，體形細小，長有一排鋒利的牙齒！

「啊！我就知道！」教授突然驚呼起來。

「這是一羣**巨齒食人魚**！這種魚長有一口利齒，牠們會吃掉遇上的一切東西！是一種十分危險的魚類，我們得趕緊想辦法避開牠們！」

菲不等費魯斯重複第二遍，就立刻來了個**急轉彎**，把潛水艇駛進了海底沙丘之間。

　　所有鼠都屏住了呼吸，直到布魯格拉的望遠鏡轉向船身後查探。

　　眼見危險已經過去，我馬上稱讚菲，說：「菲！幹得漂亮，你的駕駛技術精進了！我們終於**擺脫**牠們了！」

　　「哇啊……也許我們高興得太早了……」班哲文看到了潛艇的前方似乎有什麼東西正在**游動**。

　　布魯格拉把探射燈照着前方，只見從一塊岩石的後面突然出現了幾十條……不不，幾百條……不對，是上千條**飢餓的**巨齒食人魚，牠們似乎排列成了進攻陣型！

　　哇啊！為何我會這麼倒霉？我只是想要去**度假**而已！

　　這時，菲並沒有氣餒，
她堅定地說：「現在，我要讓牠們見識一下
我的本事！大家快抓緊！」

　　我的妹妹一下子將引擎調到最大馬力，
潛水艇也一下子**直衝**了出去。在短短數
秒之間，菲竭盡所能進行了一連串的駕駛操
作：急轉彎，急剎車，突然**變向**……我只
覺得自己的胃裏翻江倒海，同時感到自己的
雙腿比一塊**火星乳酪**更軟了！

情急智生！

經過了一輪嘗試擺脫和瘋狂追逐之後，賴皮洩氣地叫道：「這樣我們不可能擺脫牠們，這些傢伙的速度**太快了！**」

正在此時，班哲文突然有了一個主意，說：「我記得我們學過，那些生活在海裏的羣居外星生物，牠們有集體狩獵的習性，也就是追着**單一的目標！**如果將牠們的注意力吸引到其他東西上的話，我們就能夠逃脫了！」

潘朵拉有些**疑惑地**問道：「可是，我們沒有第二艘潛艇來吸引牠們的注意力啊！」

「我們有**救生艇膠囊！**」布魯格拉驚呼起來，然後解釋着說：「我們可以這樣做：

我想到辦法了！

菲，加快行駛速度拉開和食人魚之間的距離，然後我們**投放**出救生艇膠囊，並躲到石頭的後面。這樣那些魚就會追着救生艇跑了，然後我們就能夠**逃脫**了！」

費魯斯教授贊同說：「好辦法！」

我有些**擔心**地問：「但是……如果我們放棄救生艇膠囊的話，我們就沒有……」

賴皮卻突然問我：「表哥，你聽到這個聲音了嗎？」

然後，他補充說：「難道你寧願成為這

格格 格格 格格 格格 格格 格格 格格

格格　　格格　　　　格格

格格

格格

些傢伙嘴裏的免費乳酪？」

「不！」我高聲叫道，「趕緊執行這個計劃！」

於是，所有鼠都回到自己的座位上坐下，並繫上了**安全帶**，然後菲再次將引擎的馬力調到最大，駕駛着潛艇從兩座海底沙丘之間的**縫隙**裏穿過。

那些巨齒食人魚突然失去了追蹤的目標顯得有些迷惘：現在正是執行計劃的好時機！

布魯格拉立即按下發射的按鈕，救生艇一下子**衝**了出去，與此同時菲駕駛着潛水艇躲

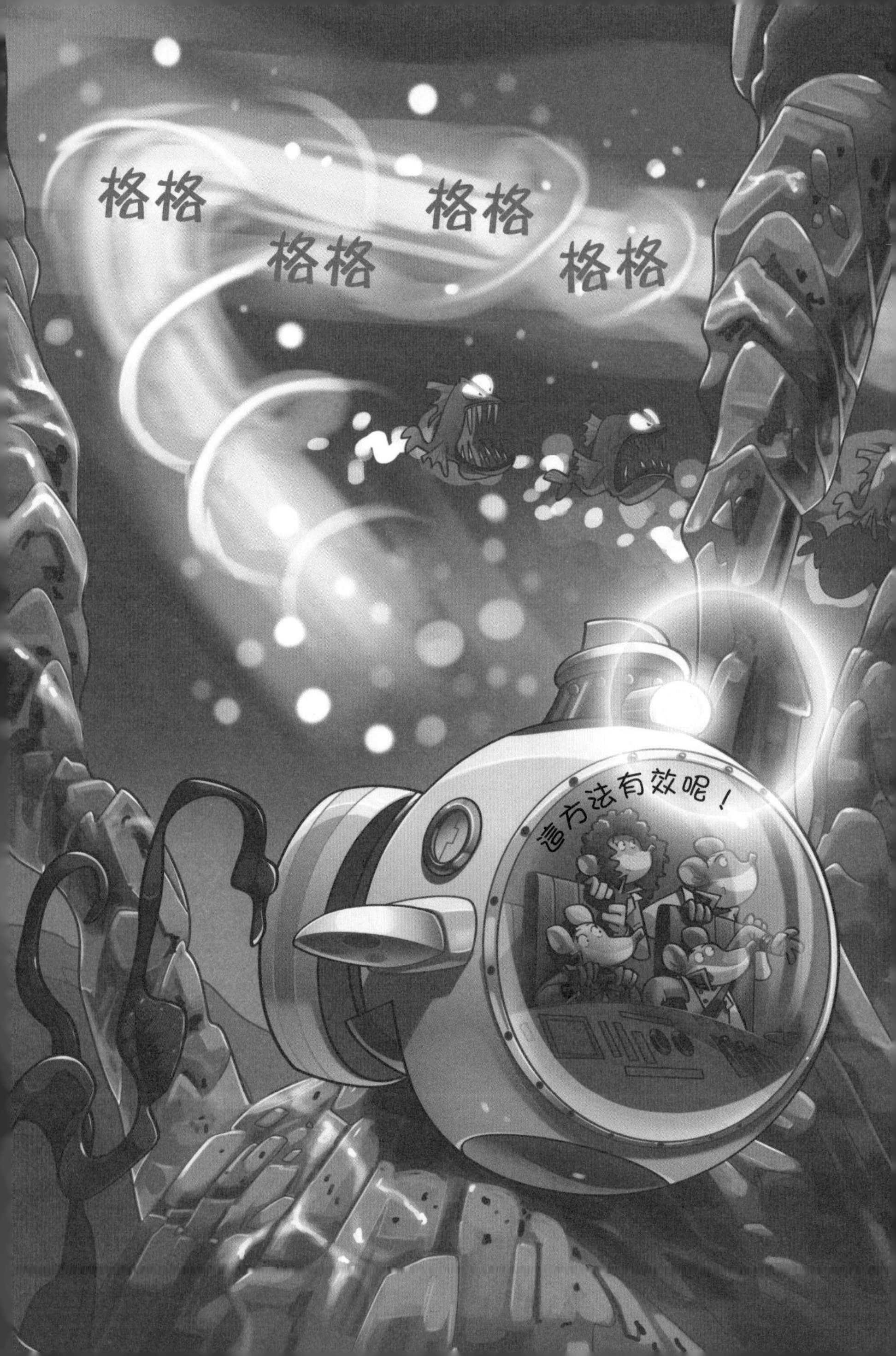
格格
格格
格格
格格
這方法有效呢！

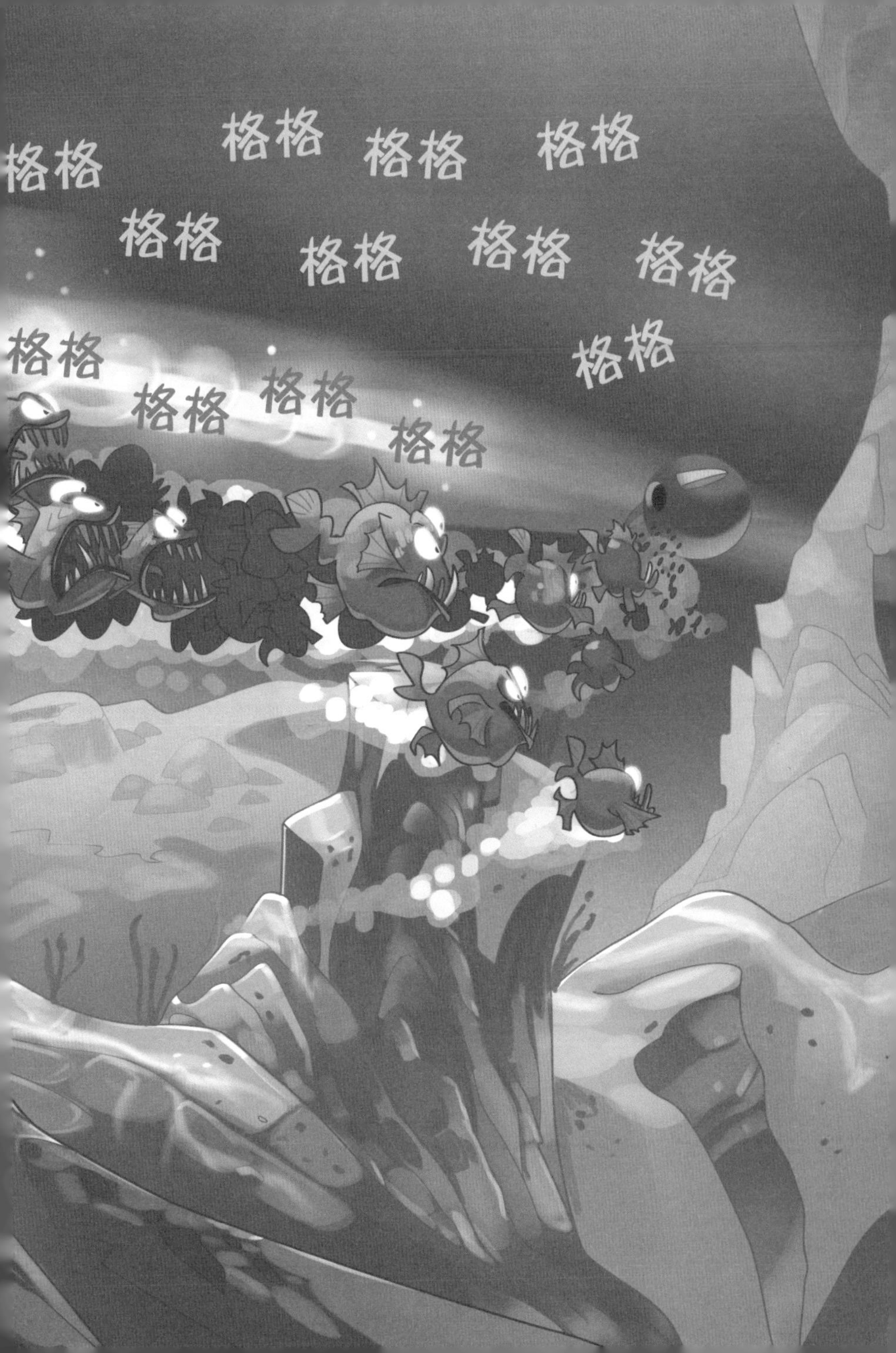
格格
格格
格格
格格
格格
格格
格格
格格
格格
格格
格格
格格
格格

到一塊巨型石頭後面，並馬上熄滅了引擎，不發出任何**聲響**。

而我則因為害怕而閉上了雙眼……

啾啾！咕嚕咕嚕咕嚕咕嚕！

一股水流從我們的頭頂衝過，這就說明了那些巨齒食人魚沒有發現什麼異常，繼續窮追着**救生艇膠囊**去……我們終於得以擺脫威脅！作戰計劃成功了！

接二連三的危險！

很快，費魯斯教授宣布說：「很好！從地圖上顯示的來看，我們距離目的地還有一半的路程！」

什麼？還有一半？這是在開玩笑嗎？

這次尋寶行動比預計的要危險得多：我們差點像月亮乳酪般被食肉海藻**扯碎**，然後又差點成為了食人魚的**盤中餐**；更別說我們現在根本不知道這個星球上的海洋到底有多深⋯⋯就這樣我們才前進了**一半？**

為了暫時逃避這些煩心事，我開始和班哲文與潘朵拉**玩遊戲**，只有和他們在一起我才能夠忘卻煩惱。

正在此時，布魯格拉走了過來：「艦長先生……我們現在遇到一個**難題**。」

哦，不是吧，又有問題？看來這天我是注定*不能好好輕鬆*一下的！

我努力使自己在這個美女鼠面前保持鎮定，問道：「這次是什麼問題？」

布魯格拉指着布滿了**紅閃光點**的控制面板，對我說：「在這裏，艦長先生，你可以看一下……」

我緊緊盯着**屏幕**看了一會兒，但是卻看不懂，只能問：「到底發生了什麼事？」

布魯格拉點了點頭，隨即耐心地對我解釋說：「這些紅閃光點表示機件出現了**故障**，需要立刻修理，不然的話潛水艇將無法繼續**航行**！」

　　故……故障？我們真是接二連三地遇上危險的狀況啊！

　　布魯格拉繼續説：「剛才在食肉海藻的攻擊之下，潛水艇的主體有些損壞，然後為了擺脫食人魚，我們進行了一段比較猛烈的高速行駛，因而**加重**了船身的受損情況。因此，我們得儘快找個地方停一下，修復這些問題！」

　　費魯斯教授指着前方一個黑漆漆的洞口，説：「我們可以在那個海底**洞穴**裏進行修理工作。」

潛水頭盔

噴射推進器

多用途修理電鑽

菲賛同説：「雷達顯示那裏是 空 的……我們進去吧！」

接着，她駕駛潛艇進入了洞穴，並輕輕地停靠在裏面。

布魯格拉毫不猶豫地迅速戴上了潛水頭盔，並背上噴射推進器背包，然後拿起了她的另一個得意發明——多用途修理電鑽！

這時，賴皮突然跳起來説：「我陪你一起去吧，正好可以活動一下手爪！我已經不想被關在這裏了！表哥，如果你想繼續留在這裏陪着班哲文和潘朵拉玩的話，你可以留在這裏……」

如你們所想，對於要在這麼一個黑漆漆的洞穴裏**探險**，其實我怕得要死，可是我知道自己非去不可，而且無論如何我不能給布魯格拉留下一個**膽小鬼**的印象！

　　於是，當他倆準備離開的時候，我也戴上了那些探索裝備，然後大聲叫道：「等我一下，我也一起去！」

這裏漆黑一片！

那個洞穴裏比從潛艇裏看起來更加暗，於是我們**打開**了頭盔上的燈，發現牆壁上有些鮮紅色的物質。我伸手摸了一下，是**軟綿綿**的：就像是牀墊一樣！

賴皮在四周游來游去，而布魯格拉則拿着她的電鑽在維修潛艇的外側**屏幕**。

「嗨，表哥！你來這裏看一下，這些牆身很軟！」他透過頭盔的**麥克風**裏對我說。

我想看看他在什麼地方，卻連個鼠影都找不到！

於是，我馬上回答說：「我看不到你，

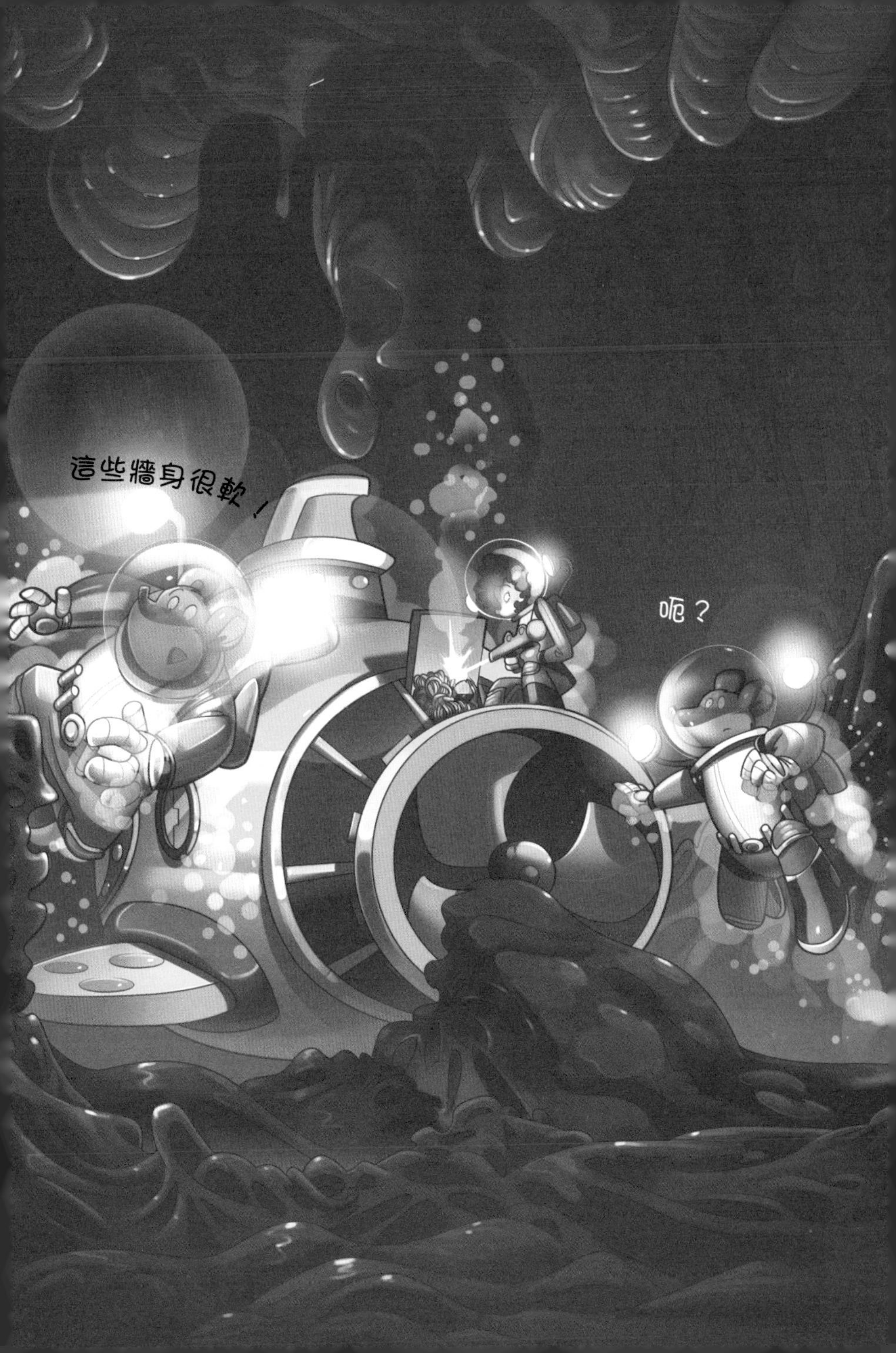
這些牆身很軟！
呃？

賴皮？

賴皮……**這裏太暗了！**」

與此同時，布魯格拉也通過麥克風對我們說：「我這裏差不多修復完成了，我們馬上就可以回潛艇裏了。」

我轉身準備游向潛艇，但是在**黑暗的**海底行動顯然是非常不便的……不知怎麼回事，我整個身體**翻轉**過來，頭上腳下了！就這樣還沒完，突然一陣水流沖過來，幸虧我及時抓住手爪邊的一樣東西才沒有被沖走！

「你還好嗎？表哥？」賴皮問。

我剛想回答他，卻被突如其來的一陣震耳欲聾的**咆哮聲**打斷……

吼吼吼吼吼吼吼吼！！！

我的宇宙乳酪呀！到底是什麼情況？

洞穴裏的水流開始湍急起來，時而向左，時而向右……幸好我一直緊緊抓着那個**把手**一樣的東西！

菲在潛水艇裏大聲呼叫道：「快回來！」

賴皮也叫道：「表哥，我們得趕緊回去**潛水艇**……」

「我做不到！我抓住了一個把手，如果現在我鬆開手爪的話，就不知道會被**沖到**哪裏去了！」

「好的，我知道了，我來接你！」

沒多久，賴皮就來到了我的身邊，想把我從把手上拽開……可是，由於我太害怕，手爪和腳爪都變得**不聽使喚**，緊緊抓着不放。

於是，賴皮開始使勁地**拉我**……

但是他越用力，那個洞穴就震動得越劇烈……

啊嗚嗚嗚嗚嗚嗚嗚嗚！

最後，由於用力過猛，我緊緊拉着的那根把手突然**斷開**，而我們也被**水流**沖向潛艇的方向去。

正在這時，洞穴裏的震動和那可**怕的吼聲**突然停了下來！

我們迅速進入了潛艇之後，立刻脫掉了身上的探索裝備。

「**你們還好嗎？叔叔？**」班哲文一臉擔憂地說。

「是的，還好⋯⋯但是，現在我們最好還是趕快離開這裏！」

我可不希望剛才的**地震**再次發生！

「是的，我們這就出發！」菲回應說，「因為⋯⋯這裏的**洞口**似乎正在合上！」

我驚呼道：「你⋯⋯你說什⋯⋯什麼？怎麼會合⋯⋯合上？

那這樣說來的話⋯⋯難道這裏不是一個洞穴？！」

棘手的問題！

菲將引擎的馬力**推到**最大，我們剛剛好在那個洞穴⋯⋯或者說是那個像**洞穴**一樣的東西關上之前逃脫出去！

「你們也認同我的想法嗎？」我問道。

「是的，表哥⋯⋯我們剛從牠的**牙齒**縫裏鑽出來！」賴皮回答說。

「那這樣說來⋯⋯我們剛才跑進了一條大魚的嘴巴裏？」班哲文驚訝地問道。

「沒錯！」費魯斯教授通過玻璃看着窗外回答說，「那是一條深淵裏的**銀鯨魚**！」

「可是，你為什麼不早點告訴我們呢？」菲看着教授問。

費魯斯回答說：「我一開始並沒有意識到這一點……為了吸引獵物，牠把自己完美地**偽裝**成為一個洞穴！」

賴皮看着**舷窗**外問道：「那牠現在在幹什麼？」

只看見那條大魚**甩掉**了身上的沙子……開始游向我們！

「**牠想要吃掉我們！這下完蛋了！**」我驚呼道。

「菲，加速前進！」布魯格拉催促道。

「現在已經是最高的推進速度了！」

那條大魚僅僅甩了兩三下尾巴就追上了我們，但是出乎意料的是，牠並沒有將我們**一口吞下**，而是游到我們的身邊，用牠的

魚鰭將我們托起，送到牠的**眼前**細看，與此同時，我們聽到了一陣奇怪的聲音⋯⋯

咻咻！

「看上去牠好像在對我們說着什麼⋯⋯」潘朵拉說道。

「沒錯！請馬上開啟翻譯器，這樣就能夠**聽懂**外星語言了！」布魯格拉說。

但是，我還是有些不太放心：「你……你們確定？這有可能是一個陷阱……」

「但是叔叔，你看牠的**眼神多麼溫柔**啊！」班哲文提醒我說。

對了……既然班哲文都不**害怕**，我又有什麼理由退縮呢？

布魯格拉安裝的翻譯器開始分析那些聲音，並完成了翻譯：「我的名字叫盧修斯……謝謝你們幫我拔掉了嘴裏的那根刺！它扎在我的嘴裏，令我沒法吃東西！」

大夥兒吃驚得面面相覷……牠所說的刺是什麼東西？

不一會兒，賴皮突然明白過來：「我知道了！牠說的刺就是剛才你一直緊抓不放的那個像**海底植物**一樣的東西！啫喱，在我拽住你的時候，你把那根東西拔出來了，現在牠想要謝謝我們！」

於是，我走到**麥克風**前，回答說：「嗯……盧修斯，很榮幸認識你！我們是**太空鼠**，我們很高興能夠幫助你！」

牠回答說：「我欠你們一個人情，太空鼠！祝你們**旅程順利**！」

我們在舷窗裏和牠道別之後，牠向着我們眨了眨眼睛，然後再次消失在深淵裏！

好吧，我該說什麼呢……最後我們終於交到一個住在**宇宙海底深淵**裏的朋友！

海底之城

我的宇宙乳酪呀！ 這次水之星探險真是一段辛苦的旅程！

幸運的是，從地圖上來看，我們馬上就要到達目的地了。菲**駕駛**着潛水艇跨過了一個陡峭的海底山崖，然後繞過了一座尖銳的**山脈**，又穿過了一處狹窄的山谷，最後終於來到地圖上標示着✘的地方。

在我們的眼前出現了一座城市。

班哲文說道：「好棒！但是……這裏周圍很黑啊！」

確實，深淵之下**一片漆黑**，只見前面

那些貝殼形的房子裏透出微弱燈光，這才有了一點點亮光。

菲駕駛着潛水艇在城市的城門之前**停了下來**。

賴皮興奮地叫道：「走吧，我們出去！我只想趕緊確定這裏有沒有寶藏，然後回『銀河之最號』上去：我已經開始有些想念史誇茲大廚的乳酪濃湯了！」

說實話我一點都不想外出泡到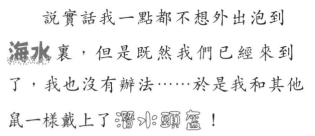裏，但是既然我們已經來到了，我也沒有辦法……於是我和其他鼠一樣戴上了潛水頭盔！

菲對我們說：「我會在潛艇上等着你們，我們通過頭盔裏的麥克風保持聯繫吧！」

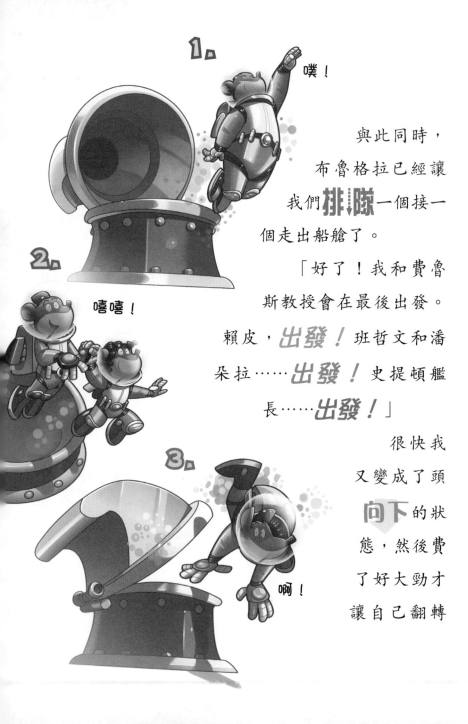

與此同時，布魯格拉已經讓我們**排隊**一個接一個走出船艙了。

「好了！我和費魯斯教授會在最後出發。賴皮，*出發！*班哲文和潘朵拉……*出發！*史提頓艦長……*出發！*」

很快我又變成了頭**向下**的狀態，然後費了好大勁才讓自己翻轉

過來，結果最後一個到達城市的城門前。

「來的正好，表哥！現在我們該怎麼辦？」賴皮問。

我提議説：「嗯……我們來**敲門**吧！」

於是，我來到城門之前，敲了三下……

咚　　咚　　咚！

光之賢者

　　不一會兒，城門打開了，迎接我們的是一些**藍色的外星生物**，長着許多隻眼睛，同時頭上還有一些奇怪的管子冒着**泡泡**。

　　布魯格拉通過麥克風對我們說：「是時候該向這裏的當地居民做一下自我介紹了！」

　　賴皮將我向前**推了一把**說：「喏喱，快說吧！」

　　我？為什麼每次都是我？啊……對了……因為我是**艦長**！

　　於是，我來到了外星人的面前說：「你們好，我們是**太空鼠**，這次是來對你們進行和平訪問的！」

那些外星人的其中一個回答説：「很高興認識你們，我們是**波比人**！歡迎來到我們的城市！請隨我們來，去見一下我們的幾位賢者！」

「嗯……你所説的這些**賢者**是誰？」

「他們是我們這裏的三位光之賢者！」

光之賢者？我可從來都沒有聽過這樣的領袖！

於是，我們跟着他們走了進去……嗯，我的意思是沿着城市的街道**游**了進去。

當我們經過**黑暗**的小巷時，

請跟我來！

波比人紛紛從他們的家裏出來向我們**致意**！

　　班哲文對我説：「多麼好客的外星種族呀，叔叔！我可以在這顆星球上好好搜集資料來做學校的**專題報告**！」

　　「沒錯，這是一個**好主意！**」

　　沒多久，我們便來到他們的賢者面前：這

三位賢者長着濃密的白鬍子，他們手裏都拿着一根權杖，頂部有一枚發光的星星裝飾。

三位賢者慢慢地站起身來，然後步伐緩慢地走向我們。剛才和我説話的那個波比人在一位賢者的耳邊説了幾句話，只見那位賢者點了點頭，然後説：「親愛的太空鼠們，我們很高興能夠接待你們，我們波比人是一個非常好客的民族。」

接着，他停了下來，讓另一位賢者繼續説：「我們在這片海底已經生活了數千年，每當有人來敲門的時候，我們都會用最真誠的友情與待客之禮來歡迎他們。」

最後，第三位説話速度很慢的賢者補充道：「所以，歡迎你們來到水之星！請問是

什麼風把你們吹來這**黑暗的海底深淵**？」

　　我正打算回答，賴皮突然在我耳邊輕聲說：「不好意思，啫喱，不如由我來回答吧！不然，你們這樣子的禮尚往來不知道還要持續多久，而我已經肚子餓了！」

　　我還沒來得及阻止他，表弟便從費魯斯教授的手上拿出了那個球體地圖給波比人看，說道：「是這個東西把我們帶來這裏的！」

這個東西把我們帶來這裏的！

神秘的鑰匙！

當三位賢者一看到這幅地圖，他們頓時震驚得張大嘴巴！過了半晌，他們才說：

「我……我……」

「……簡……簡直……」

「……無……無法相信！」

他們完全不理我們，自顧自地討論起來！

賴皮嘟囔着說：「好吧，如果你們不感興趣的話，那我們就先去吃點東西了……」

三位賢者同時轉過身來：「等等！請你們見諒，我們一直以為這個球體……」

「……在三個月循環周期之前的大海震裏失蹤了！」

「你們怎樣找到它的？」第三位賢者問。

我解釋道：「無意中，在沙……呃，在我們的**宇宙飛船上**！」

費魯斯教授補充說：「在成功啟動它之後，我們決定跟着上面的指示找出其中的**秘密**，最終來到這裏！」

三位賢者面帶**微笑**，滿意地說道：「我們真是萬分感謝你們呢！因為這並不是一幅普通的地圖……同時它也是打開**光之寶箱**的鑰匙！」

地圖？鑰匙？光之寶箱？我再一次完全被弄糊塗了！

這時，**三位賢者**再次開始討論起來。

我轉向教授問道：「你弄明白什麼了嗎？」

費魯斯教授抬了抬眼鏡說：「我想他們那權杖頂部的東西應該就是十分罕見的海洋之星。它是一種能量的結晶體，能夠發光和發熱，為植物在如此黑暗的環境中提供生長的條件，也許他們所說的光之寶箱就和這個有關。」

三位賢者中的一個轉過身來點了點頭，說：「你說的沒錯！我們的文明得以在這個深淵裏發展起來全要歸功於海洋之星……」

第二位賢者繼續說道：「……但是這裏已經所剩無幾了，我們正在搜索它，可是過程變得越來越困難與危險！」

第三位賢者最後說道：「其實，我們的祖先藏了一些海洋之星在光之寶箱裏，這是為了防止

族人過度使用，或是被某些**貪心**之人自己使用而不與**族人**分享！」

　　我們聽到之後都吃驚不已：這樣說來這個球體確實是一張藏寶圖，這是一份對於那些外星人來說十分重要的**寶藏**！

　　三位賢者再次自顧自**討論**起來，最後他們說：「我們信任你們，請跟隨我們來一起去看看這個**寶箱**！」

三位賢者用他們的
權杖照明，並帶領
着我們來到了一
幢又高又黑的建
築之前，這讓我感到
有些**不寒而慄**！

我轉向班哲
文和潘朵拉，

跟我來吧！

對他們說：「裏面可能會有**危險**……你們就留在這裏吧。」

　　班哲文有些失望，但是很快兩個小波比人游過來，開始跟他和潘朵拉**玩耍**。

　　與此同時，我和其他鼠**進入**那幢建築裏。

嘻嘻！

缺了什麼東西……

我們跟隨着三位光之賢者來到了大廳裏。

「在這裏！」一位賢者指着大廳中央的一個**巨大寶箱**說道。當我們靠近寶箱的時候，那個球體開始*發出光芒*！

「這是你們已經抵達目的地的信號！」一位賢者解釋說。

我的表弟上前一步說：「那我們趕緊打開它吧，我很**好奇**裏面到底有些什麼！」

接着，賴皮來到寶箱旁，寶箱上有兩個**圓孔**，他將手裏的球體放進了其中的一個洞裏。

大家都屏住了呼吸，期待着開鎖的聲音……但是，寶箱裏發出**一束藍色的光線**，並顯示出了一句話：

「當第二個球體被放入的時候，寶箱將會打開。」

三位賢者搖了搖頭，其中的一位說：「鑰匙並不只一把，而是**兩把**！所以這上面才有兩個孔！我們的祖先應該製作了兩個球體鑰匙，但是它們都**丟失了**！」

布魯格拉有些喪氣地問道：「所以說……我們這次旅程就這樣無功而還了？」

這時，一把**尖銳的**聲音在我們的背後響了起來：「美女鼠，你覺得能夠認識我也算是無功而還嗎？」

大家一起轉身望向門口……我的宇宙乳酪呀！他們是……**海盜太空貓**！

也許，你們會問我是怎麼認識他們的？

答案很簡單：因為這個**宇宙**裏所有的人都知道這些臭名昭彰的海盜太空貓！

他們經常會發動**突襲**、搶奪寶藏、攻擊行星，無惡不作，所有種族都害怕他們！

而他們的首領，因為額頭上有一顆黑色的星星，綽號叫「**黑暗之星**」，他以**殘酷無情**而聞名！

我立刻試圖通知在潛艇上接應的菲，但是**麥克風**似乎失靈了。

我再次嘗試了一下，這時黑暗之星走了過來，湊到我的鼻子前說：「你是在通知你的

潛水艇，對嗎，太空鼠？如果是這樣的話，我勸你放棄算了！」

接着，他做了個手勢，讓手下們帶了一個**熟悉**的身影上來：那正是菲，她**被綁**得如同一塊冥王星乳酪一樣！

我的小行星呀！那些海盜們把她抓住了！

黑暗之星
海盜太空貓的首領

種族：貓族人。

特長：帶領太空貓手下們進攻別的星球和種族，搶奪寶藏。

性格：冷酷無情，但卻有着貴族般的高貴氣質。

特點：額頭上有一顆黑色的星星，口氣中散發着強烈沙甸魚的味道。

太厲害了，老大！

突然，賴皮大聲呼喊了起來：**「快放開她，你們這幫惡名昭彰的海盜太空貓！」**

「有必要這樣大喊大叫嗎？我們大老遠地跑來這顆星球弄濕自己的**尾巴**，可不是為了和你們這些太空鼠浪費時間！」黑暗之星說。

接着他對着手下**命令**道：「林茨，放開她！」

那個太空貓一放開菲之後，她立刻叫道：「這些**壞貓**偷襲我，所以我沒有來得及警告你們！他們還**破壞**了我們的潛水艇！」

「安靜！」黑暗之星一邊喊道，一邊從袋

子裏取出了一樣東西⋯⋯

我的宇宙乳酪呀！

那是什麼？鐳射劍？麻醉光波槍？

我的雙爪遮住了自己的眼睛，心裏想：

「再見了，美麗的宇宙！」

幸好我心裏想的並沒有成為現實：黑暗之
星從袋裏取出的是⋯⋯**第二顆球形鑰匙**！

「你們在找這個嗎？」他一臉狡猾地壞
笑問道。

三位賢者顯得十分震驚。

「你們⋯⋯你
們⋯⋯」其中的一位
結結巴巴地說。

「⋯⋯是怎麼得
到這個東西的？」

你們在找這個嗎？

「冷靜點，不需要這麼激動。」

海盜首領打斷了三人，説，「**事情**很簡單：很久以前，在一次，怎麼説呢……**旅行**……的時候……」

剛説到這裏，另外和他一起的四名海盜突然**爆發**出笑聲：「哈哈哈！旅行！你太厲害了，老大！」

黑暗之星吼道：「**安靜！**我對你們説過多少次了不要打斷我説話？」

四個海盜貓一下子安靜下來，同時垂下了**耳朵**。

「剛才説到哪裏……啊，對了：我們在宇宙裏**逛了一圈**，在回程途中，我們就整理那些外星友人們……**贈送**給我們的禮物……」

「呼呼呼！贈送的禮物！老大，你是怎麼想到這些玩笑的？」

「**安靜！**」黑暗之星吼道，「下一個未經允許説話的傢伙就給我永遠留在這裏！」

四個小嘍囉再次閉上了嘴，一邊**發抖**。

接着，黑暗之星繼續説道：「反正在那一堆東西裏面我們找到了這個神秘的球體！我一開始並不知道這東西是什麼，但是有一天，它突然自己**發亮**起來，並且顯示了水之星的位置……於是，我們就來了！」

反正我是一點都沒聽明白他在說些什麼，你們呢？

　　幸好我們的科學家費魯斯在一邊解釋道：「對了，當艦長先生啟動了我們手上的**球 體**之後，另一個球體也被同時啟動了！」

　　「你的意思是說這兩個球體的機關被故意設計成能夠讓兩個**地 圖**持有者見面？」賴皮好奇地問。

　　「**沒錯！**」費魯斯確認說。

　　「因為只有兩個人一起才能夠打開寶箱！」

　　「真是聰明！」黑暗之星說完，伸出他的爪子…… **鏘** ！

　　伴隨着一聲金屬的聲音，他突然伸出了一些尖銳的**爪子**，然後他開始敲打**費 魯 斯**

108

教授的頭盔。

「那請你告訴我，我該怎麼做才能夠打開這個寶箱呢？」

費魯斯教授如同一片落葉一樣**顫抖**着說：「我……這個……嗯……」

這時一位賢者接過了話說：「你們也得把那個球體……」

「……放到那個**孔 裏**去……」第二位賢者繼續說。

「……然後寶箱就會打開了。」最後第三位賢者說。

黑暗之星滿意地笑了笑說：「謝謝！我就知道只要**好好說話**，就能夠得到想要的東西！」

抓住寶貝！

　　我們只能眼睜睜地看着海盜首領將球體放進第二個孔裏，然後伴隨着**咔嗒一聲！**

　　鎖應聲打開，從寶箱裏一下子散發出**耀眼的光芒**，將整個房間照亮得如同白晝一樣。

　　黑暗之星不得不用手爪擋住眼睛，才得以望向寶箱裏面，片刻之後，他驚喜地叫喊起來：「太好了，這裏有幾十顆**海洋之星**！這些東西十分罕見，而且更重要的是……非常值錢！有了這些錢，我們就能夠在全宇宙展開業務了！」

接着，海盜首領對着他的手下下令説：

　　「動作快點，趕緊把寶箱搬到我們的潛艇上去！」

　　這時，他回頭惡狠狠地**瞪着**我們，然後威脅説：「至於你們……只要你們乖乖留在這裏，我這就帶着寶藏離開，連你們的一根鬍子也不會**扯斷**！不然的話……」

　　咕吱吱……實在太可怕了！

　　「不然的話，會……會怎麼樣？」我問道。

哈哈！
這非常值錢呢！

「不然的話，就讓你們嘗嘗我 **爪子** 的厲害，不過我相信滋味肯定不好受！」說着，他亮出了閃亮而鋒利的雙爪。

於是，沒有誰敢再 **亂動** 什麼了！

畢竟，我們還能做些什麼呢？

雖然 **水之星** 的居民人數比海盜多許多，但是這是一個愛好和平的種族，而這些壞蛋們的出現已經把他們 **嚇壞了**⋯⋯

不管怎麼説，既然情況已經是這樣了，那麼最重要的事情就是保護自己的性命！於是，我們只能眼睜睜地看着這些壞蛋們扛着**巨大的寶箱**，並把它搬到城門外停靠在**潛水艇**後方拖船上。

　　在關上城門離開之前，黑暗之星轉身對我們説：「哦，我真是太**粗魯**了，差點忘記向你們道謝！很高興能夠和你們合作，希望能夠儘快再見面！

」

　　潛艇關上了門，伴隨着一陣**氣泡**和**沙石**，開走了。

　　三位賢者絕望地説：「我們就這樣永遠失去了珍貴的海洋之星……現在該怎麼辦？」

我感到自己就像是一塊**過期的乳酪**一樣沮喪：我們差一點點就能夠幫助這些波比人取得海洋之星了，但是無意之中我們卻引來了可怕的**海盜太空貓**！

　　正當大家失望地看着逐漸遠去的海盜潛艇時，一陣*強烈的水流*從我們的頭頂上經過，讓大家差點兒失去平衡。

　　菲大聲叫道：「快看上面！」

　　原來是我們之前遇到的**那條大魚**盧修斯，只見牠突然從石頭後面衝了出來，然後**緊隨**着海盜潛艇追去！

意外的幫助！

我擦了擦自己的潛水頭盔⋯⋯簡直不敢相信自己的眼睛！

班哲文和潘朵拉正拉着盧修斯的**魚鰭**追逐着潛艇！

只見這條大魚的**尾巴猛甩**了三下，便追上了海盜潛艇，然後牠一口咬住後面的拖船，開始**用力甩動**，先左右，後上下。我可不敢想像此時海盜太空貓的狀況：在船裏面他們會有多**暈眩**！

突然，連接着裝有寶箱的拖船與潛艇之間的繩子斷開了，而海盜潛水艇則飛也似地**逃跑**了。

我正好透過潛艇後側的玻璃看到了黑暗之星那張憤怒卻又無奈的臉。

呃……好可怕！我真希望永遠都不要再見到他！

這時盧修斯游了回來，並將**寶箱**放在我們的面前，然後輕輕地讓班哲文和潘朵拉從牠的魚鰭走下來。

我們所有鼠一起跑着……我的意思是……游着過去，並**擁抱**孩子們，興奮地說：「幹得漂亮！你們是怎麼做到的？」

班哲文說：「剛才我們在外面**玩耍**的時候，看到那艘海盜潛艇駛過來，於是我們找地方**躲起來**！當我們知

道他們**不懷好意**時，我們便跑去向盧修斯求助了。」

「謝謝你們！如果沒有你們的話，也許我們就再也找不回這些**寶藏**了，當然也要謝謝你，盧修斯！」

啾啾啾啾啾啾啾啾啾啾啾啾啾！

大魚發出一陣哨聲，通過布魯格拉的翻譯機，我們得知牠所説的是：「我很高興能夠幫上忙，**太空鼠**！」

我們握了握牠的魚鰭之後，牠便離開了。

布魯格拉幫助**波比人**將寶箱搬了回來，所有人都聚集過來，只為了一睹**海洋之星**的珍貴光芒。

三位賢者來到了我的身邊。

「**史提頓艦長先生**，我代表水之星的所有居民對你報以萬分的感謝，謝謝你能夠不遠萬里來到這裏，並幫助我們找到海洋之星……」

「……這對於我們的**生存**有着非常重要的意義！」第二位賢者繼續說道。

第三位賢者最後說：「根據我們的傳統，如果有人幫助我們找到東西的話，他將能夠得到**其中的一半**！」

賴皮非常驚奇，說：「啊，你們真是太慷慨了……」

我立刻打斷了他，然後看着三位賢者，替我的表弟說出了後半句話：「**……但是我們不能夠接受這份禮物！**這些海洋之星

對於你們來說非常重要，而且它們原本就屬這顆星球，所以還是留在這裏比較好！」

於是，我們決定就這樣做了。

在離開之前，我再次看了一眼水之星：有了這些海洋之星，波比人的城市再次恢復了光明，溫暖和熱鬧！

我想我做了
一件非常正確的事！

新的任務

　　此刻，看上去似乎所有的問題都已經解決了，這時費魯斯教授對我說：「艦長先生，請過來看一下！」

　　我來到海盜的那艘**拖船**邊，眼前的景象讓我吃了一驚：它載滿了海盜貓從不同種族**搶奪**得來的各種珍貴寶藏！

　　而賴皮這時已經跳進了那有如小山一樣堆起的寶藏裏。

　　「啫喱，如果說我們是來找寶藏的話，那麼我想這裏有⋯⋯上百件寶物！」表弟對我說着，他的脖子上不知道什麼時候戴上了一串金色的珍珠**頂鍊**，頭上則戴着一副響尾蛇形

狀的耳機，手爪上拿着一台**月亮攪拌機**，「比如說這個，我們可以把它獻給我們的廚師**史誇茲**：他在準備乳酪奶昔的時候，應該能用上這個。」

菲責備他說：「賴皮，很抱歉掃你的興了，這裏所有的東西都是那些**海盜們**搶來的，所以我們必須儘快還給它們的主人！」

教授補充說：「我已經很快看了一遍這些東西，據我所知它們至少來自於**七個不同的星球**！」

聽到這個消息，我差點兒暈過去！

你們知道這意味着什麼嗎？

讓我來告訴你們吧：這意味着我們還不能

馬上回「**銀河之最號**」上享受我的休假，因為我們得在太空中巡航**好幾天**，也許是**好幾個星期**，甚或是**好幾個月！**

也就是說，我們還得立刻開始新一個**太空任務**……

當然，這會是一次新的冒險，而我也會在我下一本新書中，把其中發生的故事告訴你們！

下次太空鼠
冒險故事再見！

Geronimo Stilton
星際太空鼠

我是謝利連摩艦長！

菲，快報告

在外太空的探索情況！